인생은
내 적성이
아닌가 봐

인생은 내 적성이 아닌가 봐

글·그림 수키도키

민음사

들어가는 말

안녕하세요, 작가 수키입니다.
제가 책을 낸다니, 스스로를 작가라고 불러도
이제 어색하지 않겠죠.
저는 평생 그림과 동떨어진 일을 하며 먹고살아 왔는데요.
그런 제가 그림으로 사랑받고 있다는 사실이
새삼 신기합니다. 남의 일만 같습니다.

학창 시절, 바닥을 알 수 없는 우울감과 자기혐오를 달래기 위해서
일기를 쓰곤 했습니다. 하지만 끈기 있지 못하고
게으른 사람이라 최근 수년간 일기를 전혀 쓰지 않았어요.
그런 제가 다시 연재를 시작하고 지금까지 꾸준히 해 오고 있으니
스스로에 대한 성취감뿐 아니라,
앞으로 쭉 이어 나갈 수 있으리라는 자신감도 생깁니다.
더 많은 것을 이루고 싶습니다.
만사 부정적인 제가 이런 생각을 하다니 이상합니다.
꾸준히 무언가를 한다는 것이 이렇게 몸에 좋습니다.

우울을 달래는 길에는 여러 가지 방법이 있습니다.
저에겐 그림일기가 가장 익숙한 방어 기제입니다.
저는 부족한 사람이므로 위선적일 때도,
가식적일 때도 많습니다. 하지만 그림일기를 그릴 때만은
부끄럼 없이 스스로에게 솔직해질 수 있었습니다.
진심으로 그립니다. 그렇기에 연재는 저에게 단순한 일처럼
느껴지지만은 않습니다.
이를테면 저를 치유하는 과정이라고 생각합니다.
저의 미숙한 그림과 지리멸렬한 넋두리로 가득한 만화를
봐 주신다니, 이것이야말로 저에게 축복입니다.
누구나 살아가면서 삶의 한 조각은 힘드리라 생각합니다.
앞으로도 제 만화가 누군가에게 어떨 때는 웃음이,
어떨 때는 위로가 되었으면 좋겠습니다.

제가 작가로서 첫발을 내딛는 책입니다.
제 첫 시작을 함께해 주셔서 감사합니다.

차례

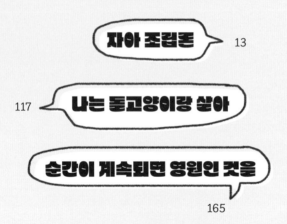

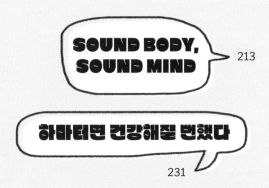

자아 조립론

자아 조립촌

스스로를 잘 조립합시다.

꽃 같은 말

꽃 같은 말들이 있다

잘 말리고 보관해뒀다가

두고두고 우려 먹는다

제 인생을 채워 주는 말들이 있습니다.
그 말들을 우리고 또 우리면서
지치는 날에 한 모금 마시면 또 살아갈 수 있는 것이죠.

적립식 행복

미래의 완벽한 행복을 위해서 현재를 아껴 두지 마세요.
발 딛고 사는 곳에서 닥치는 대로 그때그때 행복을 찾읍시다.
행복은 적립되는 게 아니니까요.

빨래

누가 대신 힘을 내주겠어요.

구김살

구김살 펴!

네 감정을 인정하라

지금의 어려움과 불행에 집중한다.
이미 지난 과거의 잘못에 갇혀 있다.
아직 오지도 않은 미래에 대한 불안감으로 잠 못 이룬다.
왜 내가 힘든지, 왜 삶이 어려운지 원인을 찾으려 한다.
종국엔 스스로를 탓하게 된다.
하지만 원래 인생은 쉽지 않다. 어렵다. 힘들다.
그러니까 깊게 생각을 하지 말아야 한다.

해결해 주는 건

시간이 해결해 주는 건 사실 없더라고.

대충 살자

대충 살자.
'어떻게'보다 '살자'가 더 중요해~
뭐 굳이 '뭔가'가 되어야 하나?
되는대로 그냥 그렇게 살아가면 되지.

인생 계획

계획은 합리적으로 세워야지.

평행 우주

수만은 평행우주

수만은 내가 살고 있는 평행우주 속에

하나쯤은 우리가 다 행복한 우주가 있을거야

그렇게 생각하면 위안이 조금은 돼

사실 그렇게 생각하지 않으면 견딜 수가 없어.

입버릇

그냥 버릇처럼 말할 뿐이지요.

유튜브

무감각한 현대인 더지씨.

까먹지 않도록

쓰고 또 써도 자꾸 까먹는.

비교

너는 왜 잘나서 내 마음을 괴롭게 하는데!

직선

원을 확대하고

더 확대하면

직선과 다를바 없다

그니까 다른 사람하고 비교 하지마

가까이서 보면 그사람의 삶도 또 몰라

항상 원하는 건 끝도 없이 많아.

생각만 많아

무슨 생각이 많은지는 이제부터 또 생각해 봐야겠군.

규칙적으로 살기

어떤 방향이건 규칙적이긴 합니다.

시간

시간은 그저 네 삶의 족적일 뿐 해결책이 아니란다.

천천히

여유 있게 한 걸음 한 걸음.

본업

인생이 적성에 맞는 사람이 있을까요?

오답

조금 틀리면 어때요.

부유

생각의 파편이 휘몰아칩니다.

내 무덤 같은 일상에 꽃 한 송이를

우리 생애란 소진되는 과정이다.
청춘의 반짝반짝함은 찰나, 우리는 점차 빛을 바래 가며
마른 생선처럼 퍼석해진다. 감각과 감정은 무뎌지고
감흥이 사라진다. 아무것도 느낄 수 없고
어떤 것도 즐겁지 않다. 어느 순간부터 그 무엇도
우리를 웃기고 울릴 수 없다.
그렇게 닳고 닳았을 때 우리는 그것을 '어른'이라고 한다.
더 이상 소진될 것이 없을 때 이미 정신은 죽는다.
껍데기만 남아서 시간을 살아 내야 할 뿐이다.
우리의 몸은 겨우 살아갈 뿐이다.
피곤한 일이다.

가짜 세상

우울과 불안은 나의 원동력,
내 원천이자 또한 고통의 시작.
행복은 나를 나아가게 하지 못한다
내 눈을 가리고 진정한 세계를 볼 수 없게 한다
불행하기 위해서 태어났음을 받아들이자
그것이 나를 움직이게 할 거야.
이것이 나를 부술지라도
결국엔 나를 움직이게 할 거야.

그만 살겠습니다

위로는 뜻밖의 사람들에게서 온다.
그런 사람이 나를 바꾼다. 새벽에 울면서 택시를 탄 적이 있다.
택시 기사님은 집에 가는 동안 휴지를 건네주며
나를 달래 주었다. 꽃이 지면 봄이 온다고 했다.
그는 문을 열어 준 뒤, 내가 집에 들어가는 모습을 보며
조심히 들어가라고 했다.
그분의 위로는 살아가는 동안 종종 생각날 것이다.
그 후로 나도 언젠가 우는 사람에게
휴지를 건네주고자 가방에 휴지를 넣고 다닌다.
죽고 싶어질 때, 퇴사하고 싶어질 때, 하릴없이 외로운 날,
낯선 사람의 뜬금없는 위로 한마디는
바로 낯선 사람에게서 온 것이기에 더 큰 힘을 가진다.

힘들어

삶은 원래 힘드니까 착각하지 말기.

인생이라는 시험

매번 살아갈 때마다 깨닫습니다.
항상 예측하지 못한 상황이 우리를 기다리고 있고
미리 예습할 수 없는 과목이 바로 인생이라는 것을요.

오늘의 나

오늘의 내가 당장 새로운 나를 만들진 못하더라구요

어제의, 일주일 전의, 한달 전의 내가 오늘의 나를 만들더라구요

매일 하루하루는 아무일도 일어나지 않는 것처럼 보이기 때문에 그걸 당장 깨닫기는 힘들어요

다만 꾸준히 하던 일을 해야할 뿐입니다.

나. v127

나는 수많은 과거의 내가 깎아 온 흔적일 뿐입니다.

처음부터 나로 존재하는 사람이 있을까요?

하루하루의 내가 한 톨 한 톨 미세하게 쌓여 나갑니다.

그것이 성장이던 후퇴던 아직 알 수 없어요.

다만 내가 아무것도 하지 않으면 아무 일도 일어나지 않아요.

뭐라도 되고 싶으면 뭐라도 해야 하겠죠.

뭐가 되든 간에요. 조금이라도.

사유의 도구

시간은 순식간에 지나가고
순간은 찰나입니다

현재를 놓치지 마세요. 그리고
당신의 생각과 감정을 정제된
언어로 갈무리 하세요

오늘...
쾌변을 했다

아니 그렇게 하는거 아니 라고

생각은 형식을 따라가며 그것은
우리가 사용하는 언어입니다

오늘 기분 찢졌어

그렇게말고 너의 세세한 감정의 결을 묘사 하라고

생각을 풍부하게 하기위해선
스스로의 언어를 발전시켜야합니다

우리가 쓰는 언어의 백프로를 활용해서 사유하고있나

생각해 보라고

생각은 형식을 따라갑니다.

우리는 이 작은 종이와 좁은 언어에 갇혀 있어요.

저는 그것을 깨고 싶어요.

비슷비슷한 생각의 흐름이라면 지겨워요.

언어도 도구입니다.

우리에게 주어진 이 도구를 충분히 사용하고 있나요?

노력하고 반복하고 도전하는,

좀 더 심화된 과정을 거쳐야 능숙하게 다룰 수 있습니다.

의식적으로, 다채로운 단어와 문장으로 말해야 합니다.

생각을 풍부하게 하기 위해서는 부단한 노력이 필요합니다.

그러므로 일기를 쓰세요.

현재의 감정과 우주에 대한 감상을 기록하세요.

나쁜 생각

나는 이지구의 은하의 우주의 한 존재 티끌일 뿐이지

특별할 것도 하찮을 것도 없는 그저 한 존재...

근데 그런 나를 내가 너무 특별하게 생각해서 문제가 시작되나 봐

내가 별거이고 싶은게 문제인가봐

자의식 과잉이 열등감을,
열등감이 자기 파괴를 낳더라.
나는 특별할 것 없는 존재인데
남들과 달라야 한다고 생각한다.
남들보다 잘났으리라고 생각한다.
계속 타인들과 비교한다.
삶은 비교할 수 없는 것인데도 비교를 멈출 수 없다.
나도 수많은 생물 중 하나일 뿐이라는 사실을
인정해야 한다.

가면 속의 나와 너

사람을 만나고 집에 오는 길은 너무 조용하다.
가슴이 휑하다. 그들과의 자리가 즐거웠다고
상실감까지 씻기는 건 아니다.
자리에서 일어나서 헤어지는 순간 가면을 벗는 것 같다.
왁자지껄한 분위기 속의 내가 내 몸에서
따로 떨어져 나와서 즐거운 척하는 나를 관찰하는 기분이다.
나만 하는 연극일까, 같이하는 연극일까 생각한다.
스스로에게 환멸감마저 느낀다.
차라리 혼자인 것보다 못하다.

나 되기

내가 되어야 할 것은 나밖에 없더라고요.
스스로를 목표로 삼고, 다른 것을 이루려고 하지 마세요.
다른 무엇이 되려고 하지 마세요.
남을 목표로 삼지 마세요.
그 누구도 내가 되지 못합니다.
나는 나만이 될 수 있어요. 그저 내가 되려고만 하세요.
완전해지려고 하지 마세요.
애초에 모든 존재는 완벽해질 수 없습니다.
그저 나로만 살아가세요.
그것만으로도 다 이룬 것입니다.

쓰레기에게 바치는 노래

쓰레기 식충이 친구들에게 불러 줍시다.

남 탓이라도

내가 다 초래했다며 화살을 스스로에게
돌리지 말아야 하는데 그건 참 쉬운 일이 아니지요.

우울해하는 너에게

너의 하루하루를 꽃피워 줄게.

멋대로

하고 싶은 대로 하고 살아.

올해까지만 살기

매년 올해까지만 살아 보아요.

유언타저 콘티

모든 생각을 콘티로 하는 요즘입니다.

심리 상담 1

우울도 선불로 처리해 주세요.

심리 상담 2

무의미한 삶에 처방전을.

심리 상담 3

우울한 친구를 위해서 어떤 말을 해 줄 수 있을까요.
스스로 침잠하는 친구에게 바칩니다.

심리 상담 4

믿지 않을래, 네가 나쁜 친구라는 걸.

돌덩이 키우기

어느날 돌덩이 하나가 찾아왔는데

입양해

뉘신지····

너무 무거워서 거추장스럽고

씻어야 되는데····

못가

누우면 자꾸 가슴팍에 올라온다

자야 되는데····

Z

병원에 갔더니 이름을 지어주셨다

우울증

이네요

돌덩이를 가슴에 품고 다니는 느낌으로 산다.
우울은 점성이 강해서 온몸에 들러붙으면 잘 떨어지지 않는다.
이것은 내 손발을 움직일 수 없게 한다.
어차피 이 돌덩이는 떼어 낼 수 없다. 따라서 함께 사는 법을
배우게 된다. 우선 잘 달래야 한다. 숙주를 잘 먹이고 잘 재우면
돌덩이도 편안해진다. 잘 먹고 잘 자는 일은 생각보다 무척
중요하지만, 우울은 좋은 식사를 챙겨 먹고
깊은 잠을 자는 것조차 방해하므로 참 어렵다.
그리고 이 돌덩이가 실재하지 않음을 알고 있어야 한다.
어떤 날은 돌덩이가 한없이 무거워진다.
그런 날은 돌덩이에 깔려 죽을 것만 같다.
나는 그 고통을 끝내려면 반드시 죽어야 한다고만 생각했다.
하지만 가상의 돌덩이에 깔려 있을 뿐 조금 지나면,
괜찮아지리라 되뇌다 보면 언젠가는 사그라든다.
돌멩이가 되었다가 바위도 되는 것이 우울이다.
바위가 된 순간 스스로에게 속지 말아야 한다.
어차피 내가 가진 건 나뿐인데 좀 더 소중히 다뤄야지.

진정한 배려 1

삶의 무료함을 단순 반복 작업으로 달랩시다.

진정한 배려 2

채색에 치여서 못 죽어 버린 또라.

희미함

느끼는 모든것이 희미해진다

~안녕~   ~잘가~

응?   안들려

우울함도 마찬가지로 희미해져버려서

ㄹㄹ

구체적 우울함의 잔상만 남는다

원래 어떻게 생겼더라?   왜

우울 했지?

감정을 묘사할수 없게 되는것이다

지난주는 어땠어요?

모르 겠 어요...   ㅇㅇ

내가 살아온 시절이 잘 기억나지 않는다.
조금만 지나면 모든 것이 사라진다.
과거는 어제 꾼 꿈처럼 내가 겪은 일이 맞는지조차
확신하기 힘겨운 기억이다.
그냥 존재하지 않았던 것 같다.
누군가는 나에게, 세상에 관심 없는 애 같다고 말했다.
하루의 반절은 자고,
미래에 대해서 구체적으로 생각하지 않으니까.

흑백

거무튀튀한 오늘.

어른이 될 시간

어른이 되는 나이가 정해져 있어서
대비할 수 있을 줄 알았지······.
정신 차리고 보니 사람들이 나를
어른이라고 부르고 있더라고.

타르

시간이 흐를수록 동굴로 들어가는 것 같다.
스스로 혼자가 좋다고 외친다. 침대에서 벗어나는 것도,
양치하는 일도 큰 도전처럼 되었다. 집에서 꼼짝할 수도 없다.
허리가 아프다. 우울감과 무기력감이 너무 크다.
아침에 일어나면 천장이 내게 쏟아진다.
한숨처럼 죽고 싶다는 생각을 내쉰다.
이젠 익숙해져서 입으로 후 불어 내고 무료한 하루를 지낸다.
메스꺼움과 두통이 손톱, 발톱같이 들러붙어 있다.
자리에 누운 채로 밤을 샌다.
머릿속을 비우려고 가만히 누워 있으면 입속에서 커다란 지점토가
부풀어 올라 기도를 막는다.
방 안에 작은 바위 대여섯 개가 있는데 그것들이
사방으로 커진다. 멀리서 둥그렇게 우그러진 형태를 한
네발 동물이 한 줄로 나를 둘러싸려는 듯 달려온다.
부풀어 오르고, 커지고, 달려오는
속도가 처음엔 점진적으로, 나중엔 급격하게 빨라진다.
불쾌하다. 재미가 없다.

세상에 나쁜 개는 없다 1

내가 키운다고 한 적 없는 말들을 괜히 얹지 마세요.

세상에 나쁜 개는 없다 2

말들이 나약해진 마음을 비집고 들어와서 휘젓습니다.

소박한 꿈

불행한 이유는 못 이룰 꿈을 꿔서 일까,
내 욕심이 많아서일까?

쉴 때는 크게 쉬자

세상의 모든 쉬어 가는 이들에게 위로를.

할 수 없다

살아 내는 일은 왜 이렇게 버거울까요.
누운 자리를 정리하고 식사를 준비하고
세수를 하는 것이 큰 도전 같습니다.
살아지는 대로 살아가고 싶은데 살아 내기 위해서
해야 할 잡무가 너무나 많습니다.
인생의 한 톨 한 톨이 거대합니다.
온몸에 모래가 가득 달라붙었는데 털어 낼 힘은 없군요.
여러분은 어떻게 살아 내고 계신가요.
제가 모르는 삶의 비결이 있나 봅니다.
저만 방법을 모르고 있나 봅니다.
그런 교과서라도 있으면 배울 텐데요.
스스로 방법을 알아 내야만 하니 답답할 뿐이군요.
언제 다 살죠?
그저 기다릴 뿐입니다,
이 삶의 결말에 어서 다다르길요.

천성

사람들은 우울한 사람이 우울에 휩싸여서
제대로 된 판단을 못 하리라고 생각하지만 틀렸다.
그들은 세상을 완전히 현실적으로 바라보게 되었을 뿐이다.
우울증 환자들은 다들 지극히 투명하게
세상을 들여다볼 수 있기에 우울해질 수밖에 없다고 생각한다.
그래서인지 우울하지 않았던 시절의 감각이
전혀 기억나지 않는다.
그때의 나는 삶을 모르던 아주 어린아이였던 것처럼 느껴진다.
우울하지 않은 기분을 기억할 수가 없다.
언젠가는 다시 느낄 수 있을까.

노후 대비

나의 취향이 나를 설명한다고 믿던 때가 있었다.
스스로의 취향에 대한 자부심도 강했다.
내가 만든 도서관 안에서 나는 행복했다.
나를 나타내고 정의해 줄 수 있는 문화를 향유하고 싶었다.
이런 시기는 취향의 성장기와 같아서,
모든 새로운 것들을 완주할 능력도 있고
그러고자 하는 마음도 있다.
내가 보는 것, 내가 느끼는 것이 나를 쌓아 올린다.
그러나 나이 들수록 익숙한 삶의 고리 안에서 머물게 된다.
음악이 그렇듯 영화도, 책도, 행동반경도 마찬가지다.
어느새 만나는 사람만 만나게 된다.
새로운 모험을 하지 않는다.
이렇게 나의 도서관은 점점 작아진다. 이유가 무엇일까?
세상이 변해서일까? 너무 많아진 선택지 탓에 새로운 것을
선택하는 일 자체가 어려워졌기 때문일까?

가장 큰 이유는 더 이상 그럴 만한 기운이 없어서이겠지.
새로운 것을 탐색하고 나에게 맞는 취향을 찾아 나가는 것
자체가 일이고 스트레스로 다가오기 때문이다.
내가 겪지 못했던 것을 접하는 데에는 많은 노력이 필요하다.
하지만 이대로 남은 날들을 맞을 수는 없다.
인생의 도서관을 다시 채워야겠다. 아직 살아갈 날이 많다.
나는 나이가 들어도 어린 마음으로 살고 싶다.
고인 물 상태로 나이 드는 것이 두렵다.
지금부터 플레이리스트를 다시 채우자.
듣는 노래만 듣게 되더라도 리스트가 많다면
조금은 즐거울 테니까.

멍청한 인생살이

타성에 젖어 가고만 있습니다.

어떤 말들

털어지지 못할 걸 아니까 굳이 털어 낼 필요가 없어.

반죽

너무 우울해서
우울감을 손으로도
잡을수 있을 것
같아

잘
반죽해서

발로차버리고 싶어

너무 너무 너무 우울합니다.

현대인의 탄생

현대인은 지금도 누워서
15초 건너뛰기를 무한 탭탭탭.

날 좀먹는 건 나

하루하루 이렇게 도저히 못 살겠어.
울어서 바꿀 수 있는 일이라면 울어서라도 바꾸고 싶다.
운다고 달라지는 건 없는걸…….
죽어야 도망갈 수 있을까, 왜 이렇게 힘들게 살아 내야 할까…….

500원 줍기

하늘을 보고 살아야 해.

행복

그럼에도 간절히 원하고 있습니다.
부단히 노력하다 보면
행복해질 수 있다고 믿고 있습니다.

벙 뚫린 가슴

그래요…….

공존

부지런함과 게으름이 공존하고 있습니다.

과거로 간다면 1

그때 살걸.

과거로 간다면 2

우문현답.

물 흐르는 대로

사는 대로, 살아지는 대로 살아가면 된다.

마지막 기회

내 쿠션이 되어 줘.

내 인생 완전 프리해.

걱정투성이

걱정을 걱정하는 것이 걱정입니다.

내면이란

따라서 우리는 퇴치할 수 없다.

적성

시간이 즐겁게 흘러가는 날이 잘 없어.

날 잊지 마

곁에 가만히 있어 주기만 할게.

천사와 악마

천사가 나와서 말려 줘야 할 타이밍인데 말이죠.

자기객관화

나는 자기 객관화가 되는가?
만약 자기 객관화가 가능하다면
나는 행복할 수 있을까? 알 수가 없다.

포커페이스

무엇 하나 맘대로 되는 게 없는 인생,
표정이라도 내 맘대로 하고 싶어라.

엄마

지치고 외로운 날.

기회의 배차 간격

그래서 언젠가 잘되리라는 위로를 건네기 전에는
항상 고민이 많이 됩니다.

유전보다

그러니까 유전자 못 받았다고 슬퍼하지 말기.
유산도 없으니까!

짧은 글 인간

혹시 제 만화도 너무 길다면 말해 주세요.

불안감

쓸데없는 불안감은 사실 아무것도 아닌데요.
하찮은 감정임을 알면서도 그것에게 백전백패 중입니다.

극한 수렴 인생

안정적인 때에는 지금을 즐겨야 하는데 말이죠.
불안이 관성처럼 남아 있나 봅니다.

굿나잇

잘 자요, 몸도 마음도.

굿데이

꿈속에서 살고 싶다.

나는
돌고양이랑
살아

고양이 한 마리 때문에 집에만 박혀서는
씻지도 청소하지도 먹지도 않는 내가 너무 한심해
난 모자르고 나약한 인간이 아닐까?? 고작 그깟
고양이 한 마리가 뭐라고 이렇게 아무것도 못하고
한심해 나약해 열등해 한심해 나약해
열등해 지겨워 한심해 나약해 지겨워 그냥

돌고양이는 모든것을
없쳐 버릴 수 있어요

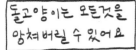

어디가!!

타닷

학교생활도 직장생활도

안대~

와장 창

그리고 당연히...

안녕하
세요~

소개팅도 망치더군요.

미친
응

우리애가
불안해
해써요

돌고양이가 없는것처럼
행동하세요.

나는즐겁다

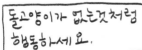

즐거운척 연기하세요

저는 정상인이에요

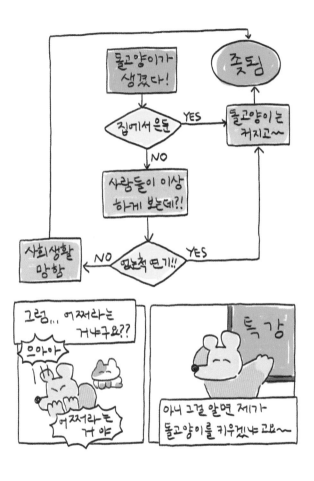

아~주 작은일도

아~무것도 할수없게 만들죠

· · ·

어흑

돌고양이는 더... 더 더

그렇다고 아무것도
하지 않으면??

와앙

미친

숨기지 않아도 돼

나는 돌고양이랑 살아. 끝.

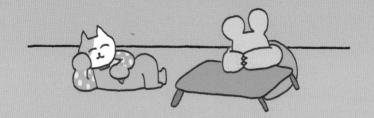

순간이
계속되면
영원인 것을

순간이 계속되면 영원인 것을

우리의 유통 기한은 몇 년일까요.

글자 하나에도

너의 이름 세 글자에도 우수수 떨어지는 마음.
네가 조금만 움직여도 내 눈은 거길 따라가.
네 눈이 나를 따라왔으면 바라지만
그런 일은 꿈에서라도 일어나지 않지.
시간이 지나면 괜찮아질 줄 알았어.
하지만 온 신경이 여전히 너에게 쏟아져 있는걸.
실루엣만 흔들려도 네가 맞는지 쫓아가.
너에게서 탈출하고, 벗어나고 싶어.
다른 감정을 느끼고 싶어.
네가 아닌 다른 세상을 인지하고 싶어,
강제로 널 잘라 내고 싶어.
내 눈을 감고 싶어, 생각을 멈추고 싶어.
감정을 닫고 싶어, 마음을 구석에 쑤셔 박아 두고 싶어.
내 신경 세포 마디마디를 잘라 버리고 싶어.
무슨 글을 써도 너로 수렴하는 요즘이다.
너의 빈자리를 계속 쳐다만 보는 요즘이다.

평생의 사랑

전 제 마음의 전부가 무엇을 뜻하는지 처음 알았어요

모든 존재하는 감정의 경계선을 다 훑었어요

한 톨도 남김없이 한편도 빈 곳 없이 오조리 꺼내 썼어요

전 이제 평생의 사랑을 다 써버린 것 같아요

소진 가능한 마음이 한 구석도 남아 있지 않습니다.

시공간을 함께하자

우리는 어떻게든 같은 시공간을 공유하는 거야.

R.I.P.

날 떠나간 모든 이들의 명복을 빕니다.

가슴속에

내 저주가 너에게 닿길 바란다.

연락

뇌에 힘줘 가며 꾹 참아야 한다.

사랑해

이 말이 왜 이리 어려운지.

HAPPILY EVER AFTER

힘든 사랑은 진짜 사랑이 아니다.

아무도

매일 너에게 닿기를 기다리면서
인생을 허비하고 있다.

진심

매 순간 진심은 진심이었을 것이다……

변화

내가 누군가를 바꿀 수 있다는 생각은 오만이었다.

꿀단지

인간 관계는 오래된 꿀단지 같아

몸~

스멜굿

신선하고 맛있는 최근에 부은 꿀만 먹게돼

한국자 하쉴 래예~

오늘도

안쪽의 꿀은 딱딱하게 굳어 가는줄도 몰랐어

오래된 꿀들도 잘있겠지

그러다가 다 굳어진 꿀을 버리고 나면 꿀단지는 텅 비어

가득했는데…

엉?

사실 꿀은 중탕하면 됩니다.
하지만 지나간 관계는 다시 살리기 어렵죠.

뭘 그리 걱정이 많아

후회만 안 하면 됐지.

아무것도 느낄 수 없어요

타의로 떼어 내야 한다는 게
얼마나 슬픈 일인지…….

말하지 않아도 알아요

네 앞에선 무슨 말이든 할 수 없다는
이 마음을 알아줘.

평생 책임질 것 아니면 웃어 주지도 마세요.

소리

듣고 싶어.

그립더라고

옛날에 좋았던 건

시간이 지나고 봐도
똑같이 좋더라구

무뎌지지 않더라고

계속 그립더라고

먼 길을 돌고 돌아서
또 너에게 도착했다.
미치고 돌아 버리겠어,
다른 길을 모르는 내가 우스워서.
이 길이 아니라는 사실을 아는데,
자꾸 아는 길로만 가게 되는 내가 한심하지만
돌고 또 돌아서
내일도 너에게로 간다.
사실 모든 길이 너에게 향해 있다.

전생

그런 시절이 있었나, 싶을 정도로 까마득해.

묘사

사랑해, 사랑해, 사랑해.

믿음

조금 천천히 가 줄래,
내가 따라갈 수 있게.
나에게 말을 걸어 줘,
내가 대답할 수 있게.
내게 진심을 보여 줘,
내가 안심할 수 있게.
웃음 한번 보여 줄래,
내가 기억할 수 있게.

애정 표현

넌 사랑할 거야.

이해심

아쉽다고 하면 섭섭하겠지.

너는 나의 행복

에너지 충전 완료.

지겨워

내일은 내일의 네가 있다.

너에게 쏠려 있어

우리는 친구가 될 수 없어.
연인으로 남아야 해.
그게 우리가 시작한 길이니 거기서 끝나야 해.
너무나 간단한 일이야.
너는 순간일 뿐이고
그저 누군가일 뿐이지.
하지만 우리는 연인으로 남아야 해.
네가 무슨 말을 하든 우리는 그래야 해.
아직 너의 두 손을 잡고 있을 거야.
네가 내 손을 놓아도 내가 잡을 거야.
너와 세상에 대한 시를 쓸 거야.

단 한 순간도

네가 내 인생을 좌지우지하는 게 싫어.
그렇지만 이기적이게도 나는 너의 인생에서
큰 부분을 차지했으면 좋겠어.
네가 내 기분을 결정하는 게 싫어.
너 때문에 하루가 지났다가 지나지 않았다가 해.
어떨 때는 시간이 멈춘 것 같다가,
어떨 때는 시간이 순식간에 흘러가.
너는 너의 삶만 살지만 나도 너의 삶을 살게 되어 버렸어.
너는 내 감정도 행동도 생각도 시간도 움켜잡고 있어.
이제는 조금도 슬퍼하지 않을 거야.
나는 단지 나 자신 때문에만 슬퍼하고 기뻐할 거야.
조금도 슬프게 지내지 않을 거야.

진정

좋아함의 기본은 상대에 대한 배려가 먼저 아니냐...

자기 좋아하는 감정만 다 누리려고 하는게...

진정한 사랑이라 할 수 있냐

눈물만 기다리고 있어,
널 좋아하는 길에는.
넌 마음을 닫아 두는 법을 알지.
나를 잠시 버려 두는 법을 알지.
나도 너처럼 가는 대로 되는대로 사랑하고 싶어.
내가 얼마나 소진되어야
이 진심이 너에게 닿을 수 있을까.
하지만 어쩔 수가 없는걸,
나는 이렇게 태어났는걸.

아무것도

내가 성의 없는 게 아니야.

질투 1

너에게 부는 바람 한 점조차 질투 나는걸.

질투 2

염병!

섬남섬녀

인간관계에서 고립되어 있는 섬 그 자체.

설렘

얼른 설레지도,
얼른 설레게 하지도 못하는 사람에게
현대인의 관계 맺기란
너무나 빨리 스쳐 지나갈 뿐이에요.

기대치 맞추기

기대가 없으면 실망도 없으니까요…….

기대치 다이어트

왜 어째서 나랑 크기가 다른 거죠.

엑기스

자신을 압착해서 희로애락을 느끼는 것 같아요.
희로애락을 느끼기 위해서
자기를 압착하는 것 같아요.

현대인의 사랑

내가 널 사랑하기 때문에 그게 날 좀먹어.
너는 아무것도 한 게 없는데, 그렇게 아무것도 하지 않아서
내 감정에 갇힌 채 스스로를 잡아먹어.
나는 사랑보다 더 큰 가치를 찾지 못하겠어.
나를 우선에 두지 못하겠어.
네가 스스로를 사랑하는 만큼의 십 분의 일이라도
나에게 줄 수 없을까.
이젠 누군가를 사랑하는 길이 가시밭길 같아.
고통이 기다리는 걸 알지만 그 길을 걸을 수밖에 없어.
내가 아는 길은 이것뿐이기 때문에.

모든 감정들

그래요,
더 이상 새로움을 느낄 수 있다는 기대조차 없습니다.

매너리즘에 빠진 선생님을 찾아서 1

운동은 운동복에서부터 시작이다.

매너리즘에 빠진 선생님을 찾아서 2

아무래도 선생님하고 안 맞아.

숫자 감각이 부족한 선생님

왜 숫자를 그렇게 세시죠?

인스타 대한체육인

좋아요를 눌러 주세요.

SOUND BODY, SOUND MIND

건강한 마음이 깃들고 있습니다.

운동의 의미

10분이라도 오래 살자.

양반의 길

통하지 않아.

상상 PT

쉬이 넘어가는 날이 없습니다.

비약한 꼼수

하지만 소용없다.

PT 꿀팁 1

똥 나온다고 선언하기.
외워 두세요.

PT 꿀팁 2

자꾸 써먹으면 눈치챔.

우문현답

그저 직업일 뿐입니다.

웃어요

감동 실화임.

숫자 감각의 이유

그렇다고 합니다.

PT는 수단일 뿐

소재가 나올 구멍일 뿐입니다.

만화 등장은 어려워

미스터 안을 소개합니다.

인기인

미스터 안은 피곤해.

건강 염려증

저러다가 오래 살아 버리면 어쩌려고 그러는지
이해가 안 되는 부분입니다.

5초

뭐가 불결해?

부업

남들에게 말하기 부끄러운 부업.

커피값만 줄여도 1

생명줄을 줄여 가며 성공하면 뭐 하겠어요.

커피값만 줄여도 2

천년의 기다림도 소용없다.

주식꾼의 시간 1

장이 열리는 시간…… 그리고 닫히는 시간……
그들은 사라진다…… 어딘가로…….

주식뿐의 시간 2

그들은 아무것도 두렵지 않다……
주식 빼고.

뿐의 속내

알 수 없는 미스터 안,
회사의 갖은 똥은 다 도맡는다.

사람은 변하지 않는다

사람은 변하지 않는다, 방향만 바뀔 뿐.

장중

기본 중의 기본.

옥중 상중 그리고……

미스터 안은 역시 현명하다.

배정한 또라 1

볼일 다 봤으면 가 줘야지.

매정한 또라 2

또라와의 이웃 생활.

태정한 또라 3

또라와의 짧은 이웃 생활은 그렇게 끝이 나고······.

돼지 삼 형제

고양이이라니 어림도 없지.

멍청하지 않아

회사 생활 꿀팁: 멍청한 척하기.

방학

회사 방학 절실.

헛된 꿈

누구나 가슴속에 헛된 꿈과
사직서 한 장쯤은 있잖아요…….

할 말은 할래

좋, 좋, 존경합니다.

반차 특

반차 특, 어딜 가나 바글바글함.

초심

초심 다시 찾겠습니다.
우울길만 걷겠습니다.

편집안일

부지런한 정신과 그렇지 못한 신체.

이건 못 참지

과거에서 배우는 게 없습니다.

금수저 멍충새

그의 여유로운 성격도 풍족한 지갑에서 나왔다더라.

노력왕 미스터 안

노력도 운 앞에서는 헛것.

쥐구멍조차 셋방살이를 하고 있습니다.

신 포도와 여우

자기 합리화는 건강에 좋습니다.

적성

SNS는 해롭다.

소중

가식적인 것 같지만 진심입니다.

전생

씻지 않는 나, 너무 귀여워 버렷!

소심한 복수

복수는 처절하고 칼같이 그리고 소심하게.

죽이고 싶다

살생 한 번이면 참을 인(忍) 세 번을 면한다.

'좆'자로 시작하는 말

좆, 좆, '좆'자로 시작하는 말.

좆같은 인생

아, 간섭하지 말라고!

그대로

물리적으로 나오면 안 되지…….

선량한 한량

선한 힘을 믿는 양아치가 되고 싶다.

고양이

어딜 감히.

우리네 얼굴

왜 퇴근 안 시켜 줍니까?

건강 감별사

방심하면 건강해져 버린다고.

무병장수

방심하면 건강하게 오래오래 살아 버린다고!

먼지가 되어

있는 듯 없는 듯 사는 것이 인생 목표입니다.

손절각

매도 타이밍 알려 드립니다.

업무의 출처

다음 주에 합시다.

나는 행복합니다

협박 속에서 탄생하는 작품.

개쓰레기요일

미친 월요일을 죽이자.

인생 뭘까

모두가 같은 생각.

존버는 승리한다

개미인 내가 털릴 것 같은데.

잊게 하네

희로애락을 잊는 법.

미장

날씨가 쌀쌀하면 더 생각이 납니다.

회사 생활 꿀팁

진정한 주인 의식.

칠친주

미친놈이니 다들 조심히 드세요.

고민

살아갈수록 고민이 점점 심플해지는군요.

해결책

세상만사 괴로움을 잊을 수 있는 건
주식뿐이라 하더라.

미스터 안이라고 항상 멋진 건 아니지.

특허

과정이 있어야 결과물도 있는데,
결과만 저절로 나오기를 바라고 있습니다.

작위적

우리 또 만나자, 또 막말해 줘.

시간의 강

돌이킬 수 없다는 건 때때로 좋은 일이기도 하지.

원하는 바

말해 봤자 들어주지도 않을 거면서!

출근 지옥

심지어 전생에도 노예였다.
가슴 아픈 일요일 밤입니다.

적응

오늘도 1센티미터 더 작아져서 퇴근했습니다.

출근 계급

출근 필수 계급인 저는 출근 준비하러 갑니다.

정시 퇴근의 삶

회사란 뭘까요……

노비보단 낫지

직짱인은 짱이다. 직짱인 화이팅!

바이러스

자연재해에도 출근해야 하는 슈퍼 직장인.

낮잠권

새벽형 인간의 낮잠권을 존중해 달라.

수명 증진 회사

월요일마다 삶의 의미를 생각합니다.

현대판 농노

오늘도 회사에 인생이 1밀리미터씩 갈렸습니다.

작가 후기

캐릭터들이...
실존인물들인가요?

···

이거 다~
상상친구입니다~ ㅠㅠ

오뚜브는 따오지만
100% 실존인물들은
아니에요

여러명을
썪어서
만든 캐릭
터도 있고요

약간 역할극이라
고 생각합니다

위로 사랑 딴지

캐릭터별로 역할만
부여하고

그들의 입을 빌려서
하고싶은 이야기를
합니다

310

집중적으로 다루고 싶은 얘기가 있나요? 양가감정 입니다.

우울 웃음

귀엽고 헛웃음 나고 하찮고

우울하고 화내고 상스럽고 거칠고

이런 상반되는 감정을 좋아합니다.

그냥 남겨두자

이 조명... 온도... 습도...

그저 내면을 덤덤히 직면하고자 해요♡♡

→ 우울이 베이스지만 "자기연민"이나 "감정파잉"엔 빠지지 말자♡♡

꾸준하지 못한 사람이라

그저 별일 없이 계속 연재하는게 목표예요

계속 작가로
사는것00입니다.

사실은 퇴사잉

지긋지긋한 두통

눈물이 뚝뚝

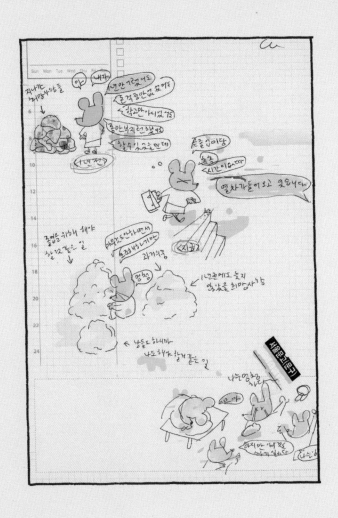

헛된 후회로 시간 버리기

자아 조립론

실패한 관계

배려는 용기

그래도 미래는 와

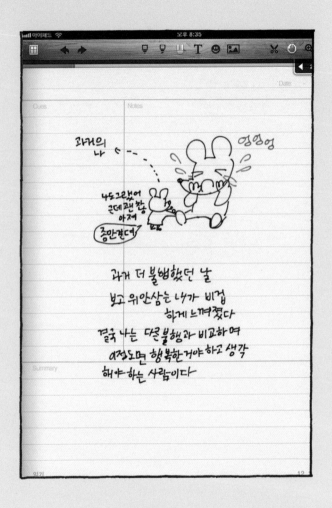

불행 이기기

어른이 되는 법

325

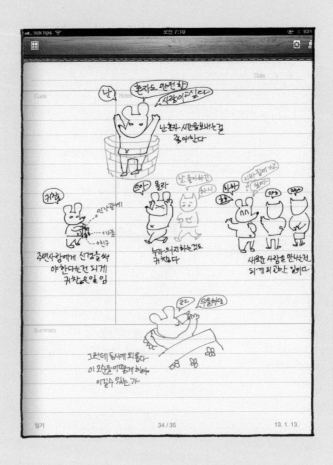

이기적 외로움

———

326

부유하는 미래

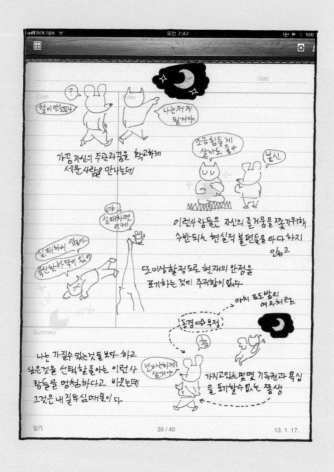

나는 사실 동경한다

전날 밤

It's really heavy to drag along

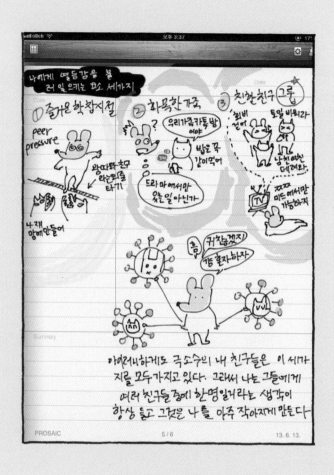

펌하하면서 동경하는 것

관계 유지하기

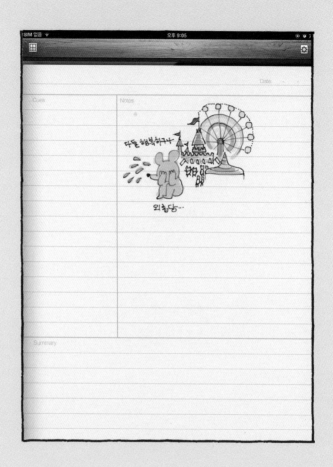

외롭다

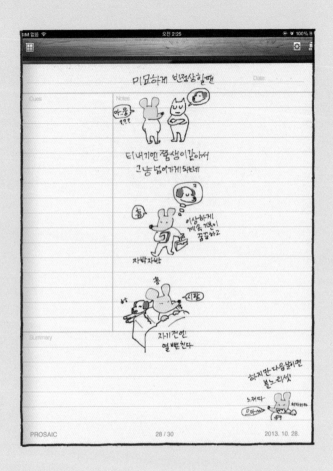

짜증

인생은
내 적성이
아닌가 봐

1판 1쇄 펴냄 2022년 7월 29일
1판 2쇄 펴냄 2022년 12월 20일

글·그림 수키도키
발행인 박근섭·박상준
펴낸곳 (주)민음사

출판등록 1966. 5. 19. 제16-490호
주소 서울시 강남구 도산대로1길 62 (신사동)
강남출판문화센터 5층 (06027)
대표전화 02-515-2000 | 팩시밀리 02-515-2007
홈페이지 www.minumsa.com

ISBN 978-89-374-7233-6 (03810)

＊잘못 만들어진 책은 구입처에서 교환해 드립니다.